AF359374

Vente du Samedi 22 Avril 1893

TABLEAUX

ET

ÉTUDES

PAR

A. PORCHER

PARIS - 1893

IMPRIMERIE MAULDE et RENOU

A. MAULDE & Cⁱᵉ

IMPRIMEURS DE LA COMPAGNIE DES COMMISSAIRES-PRISEURS

Rue de Rivoli, 144. — Paris

TABLEAUX

ET

ÉTUDES

PAR

A. PORCHER

DONT LA VENTE AURA LIEU

HOTEL DROUOT, SALLE N° 1

Le Samedi 22 Avril 1893, à 2 heures 1/2

M° Maurice **DELESTRE**
COMMISSAIRE-PRISEUR
27, Rue Drouot, 27

MM. J. **CHAINE** et **SIMONSON**
EXPERTS
5, Rue de la Paix, 5

CHEZ LESQUELS SE DISTRIBUE LE CATALOGUE

EXPOSITION PUBLIQUE

Le Vendredi 21 Avril 1893, de 1 h. 1/2 à 5 h. 1/2

PARIS — 1893

CONDITIONS DE LA VENTE

—

Elle sera faite au comptant.

Les Acquéreurs paieront CINQ POUR CENT en sus des enchères, applicables aux frais de vente.

A. Maulde et Cie, imprimeurs de la Cie des Commissaires-Priseurs,
rue de Rivoli, 144.   800—32323

CATALOGUE

DES

TABLEAUX ET ÉTUDES

PAR

A. PORCHER

1 — Étang de Billonnay (Optevoz).

2 — Vallée d'Amby (Optevoz).

3 — Un Ravin aux environs d'Alger.

4 — Bords du Furan, à Rossillon.

5 — Un Étang à Mornand (Loire).

6 — Marine.

7 — Un Etang à Précivet (Loire).

8 — Marée basse (Cayeux).

9 — Clair de lune.

10 — Bords du Lignon (Loire).

11 — Bords de la Marne, à Citry.

12 — Chemin muletier de Roquebrune (Menton).

13 — La Marne, à Sainte-Aulde.

14 — Bords du Furan.

15 — Menton de Garavan; le soir.

16 — Un Quai, à Amsterdam.

17 — Auvers; laveuses.

18 — Vallon aux environs de Lézardrieux.

19 — Marée basse, à Veules.

20 — La Meuse, à Dordrecht.

21 — Environs de Lézardrieux.

22 — La Marne, à Montiébart.

23 — Étang à Optevoz.

24 — Étang à Précivet.

25 — Étang à Saint-Paul-de-Varax.

26 — Venise; jardin public.

61 — Coucher de soleil, à Venise.

62 — Étang près Moristel.

63 — Trigastel.

64 — Bords de la Marne.

65 — Le Chemin de Montgauchon.

66 — Une Fête à Venise.

67 — Verger normand.

68 — Étang près Optevoz.

69 — Ferme à Optevoz.

70 — Bords de l'Arroux.

71 — La Ferme Toutain (Honfleur).

72 — Namur.

73 — Une Rue à Alger.

74 — Bords de rivière (Loire).

75 — Coup de vent.

76 — Une Rue de Venise.

77 — Bords de l'Arroux.

78 — Bords de l'Arroux.

79 — Ile de Vaux (Auvers).

80 — Un Marais à Étang-sur-Arroux.

81 — Étang de Billonnay.

82 — Barrage dans la vallée d'Amby.

83 — Bords de la Seine, à Caudebec.

84 — Falaises à Honfleur.

85 — A Auvers.

86 — L'Automne, à Bois-le-Roi.

87 — Hangar sous les arbres.

88 — La Maison des Peintres (Optevoz).

89 — Un Ruisseau près Paimpol.

90 — Village près Cayeux.

91 — Plateau d'Amby.

92 — Une Mare à Optevoz.

93 — Plateau à Optevoz.

94 — Un Moulin de la vallée d'Amby.

95 — Marée basse à Cayeux.

96 — Maisons à Veules.

97 — Étang à Mornand.

98 — Vallée d'Amby.

99 — Optevoz; dindons.

100 — La Ferme Toutain, à Honfleur.

101 — Départ pour la pêche aux vers.

102 — Pâturage normand.

103 -- Ile de Vaux; le matin (Auvers).

104 — Sologne.

105 — Chemin au Huetgoat.

106 — Étang de Cernay.

107 — Bords de l'Oise.

108 — Étang de Sologne; coucher de soleil.

109 — Marais salants, à Carnac.

110 — Retour de la pêche.

111 — Etang de Sologne.

IMPRIMERIE A. MAULDE ET Cie

RUE DE RIVOLI, 144 — PARIS